每个人都很美

LES GENS SONT BEAUX

〔法〕巴蒂斯特·博利厄◎著　〔加〕秦　冷◎绘　向　静◎译

北京科学技术出版社

我经常去爷爷奶奶家度假。很小的时候我叫他们"阿公""阿婆"，后来也就一直这样叫了。他们住在火车站旁边——一座小屋，几棵苹果树和一张吊床。

阿婆人很温柔，厨艺超棒。她不怎么说话，你永远不知道她在想什么。

阿公呢，却不停地讲各种故事和笑话。我总是被他逗得很开心，但别的孩子有时有点儿怕他，因为他脸上有一道长长的伤疤。

有一天，阿公给我讲述了那道伤疤的来历。"那时我六岁，总爱在舅舅的理发店里疯跑着玩。有一次，舅舅正在磨一把剃须刀，我从他面前窜过时被绊了一下，那剃须刀从我的脸上划过。嘶！从那以后，我就有了这道伤疤。但是，你看，它并不妨碍我被爱，不妨碍我遇到你奶奶，不妨碍我拥有特别棒的孩子。这道伤疤，就是我的故事。其实，每个人都有。"

"每个人都有伤疤？"

"对，每个人都有。来吧，我带你去看看！"

拿着两张参观埃菲尔铁塔的门票，我们走出了家门。阿公继续说道："以前我是一名医生，见过很多身体：有的变形了，有的受伤了，有的黝黑，有的白皙，有的瘦弱，有的肥硕……见到各种各样的身体，也就看到了与它们相伴而来的各种故事。每个人的身体都有故事。

"因此，当人们嘲笑某个人的身体，嘲笑他过于这样或者不够那样时，其实是在嘲笑他身体背后不为人知的故事。"

我问阿公知道多少这样的故事。

"非常多，我的宝贝！我知道他们每个人的故事！"

哈金

　　我心想，阿公真能吹牛。这时，我们在人行道上遇到了一位老先生，他的背驼得几乎跟下半身成了直角！

　　"瞧！"阿公说，"那是哈金，他是个瓦匠，是全法国最好的工人。在四十年的职业生涯里，他起早贪黑地工作。市医院的每一块砖都是他铺的，从地下室到顶层！从没有人注意到他，但大家都在他参与建造的医院里接受治疗。向这位艺术家致敬！"说完，阿公屈身对着老先生鞠了一躬。因为还礼，老先生驼得更厉害了，于是阿公将身子屈得更低，而老先生也将背压得更弯。

玛丽莲

　　在地铁上，我们看到一位女士坐在窗边。她戴着长袖手套，还不住地抓挠手臂。

　　"她叫玛丽莲，她的工作环境很恶劣，上司总是对她大呼小叫，这导致她忘记了自己原本多么优秀。

　　"后来，她身上出现了红斑，一直痒，只有在她不上班的时候症状才会减轻。终有一天，她会对上司的羞辱说不，并真正好起来。我知道会这样，因为我在行医生涯中见过很多玛丽莲，她们最终都恢复了健康。告诉你一个秘密：一个人，就是一个故事。一旦你知道了这个故事，一切就都不同了。"

莱昂内尔

出地铁后，我们去埃菲尔铁塔附近的一家店喝热巧克力。一位顾客正在因为服务生弄错了菜品而大声抱怨。

服务生一脸疲惫。

"他是莱昂内尔。"嗯，阿公没有胡编乱造，服务员的胸卡上写的确实是这个名字。"最近他严重缺觉，因为他刚刚成为父亲，夜里要照顾宝宝。他总是不放心，总是担心自己做得不够好。"

阿公站起身来，称赞莱昂内尔是个帅小伙，是全巴黎最优秀的服务生。"相信我，我八十七岁了，很清楚自己在说什么。"

莱昂内尔听了十分动容，似乎想说些什么。不过，我们得走了，该去登铁塔了。

丽贝卡

在埃菲尔铁塔上，一位身材臃肿的女游客吸引了大家的目光。

"她叫丽贝卡。"阿公说，"在她还很年轻的时候，总有男孩子来烦她。为了彻底远离这些烦恼，她开始暴饮暴食，给自己裹上厚厚的脂肪。虽然我是这么跟你说的，但也可能她变胖其实是毫无理由的。不过，即便这样，大家也没理由嘲笑她的体形。每个人都很美，无论苗条还是肥胖，每个人都拥有自己独特的美。"

丽贝卡朝着大家微笑。她越是笑意盈盈，那些注视她的人就越觉得羞愧，纷纷移开视线。阿公牵着我的手，对她说："六十年前，我就是在这里向她奶奶求的婚！感觉就像在昨天……""哦，真是太棒了！"丽贝卡笑着说。她笑起来可真美！

安东尼

我们坐上了回家的公交车，一个瘦小的男人看见我们，对我们笑了笑。

"这是安东尼。"阿公凑近我的耳朵说，"他负责市政府的会计事务。他的父亲因为屡遭不幸，变得很难相处，对他总是过分挑剔、无端苛责：一会儿说他笨，一会儿说他像个闷葫芦，一会儿又说他太吵，总之就是嫌他太这样或者太那样。安东尼的妈妈已经竭尽全力保护他了，但还是远远不够。后来，安东尼就不好好吃东西了，他觉得自己越瘦就越不会太这样或者太那样。但是，他一定能够摆脱这种感觉，因为人生最重要的事是让自己幸福而不是取悦别人。有朝一日，他甚至会鼓起勇气去实现自己的梦想，成为一名火山观测员。"

我对自己说，阿公有些夸大其词，而且这也不可能啊，他不可能认识所有人！

　　"您是怎么知道的？阿公，您编的吧？"

　　"这些故事都是真实存在的，我不过是把它们收集起来。所有的故事最后都会有个好结局，只不过需要时间，需要爱，还需要提出一个问题。"

"什么问题？"

"发生的已经发生了，不管好坏，都已经发生了，我不能改变过去。那么，我现在能做些什么？"

我们回到了家。阿公说："今天真够可以的！我的这颗老心脏可累坏了！"我爱阿公的心脏，它装着所有的人，为大家而跳动。

"你瞧，我的伤疤是我的故事，我带着伤疤生活。其实每个人都有伤疤，问题是我们不敢讲述这些伤疤的故事。事实上，当我们愿意把它们拿出来与人分享时，我们能更快地释怀。因此，比起独自藏匿在角落里，我们更应该互相关心：你的伤口在哪里？你的故事是怎样的？这样，我们就不那么孤独了。"

今天早上，我去阿婆房间时，她正在慢慢往脸上的白斑上涂抹栗色的粉底，那些白斑散布在她美丽的黑色皮肤上。阿婆年轻时不喜欢自己过深的肤色，于是抹了很多据说能让她变白的东西。那些东西给她的皮肤带来了伤害，留下了各种印记，以至现在她还得努力去遮掩那些印记。没完没了。

见她这样努力遮掩那些印记，就像它们是什么不可示人的东西，我觉得很难受。有些人让她觉得自己不可能又黑又美，所以这其实是那些人的错。

我希望阿婆的故事能有一个美好的结局。需要时间，需要爱，还需要提出一个问题。你知道的，对吧？发生的已经发生了，我们不能改变过去。那么，阿婆现在能做些什么？

24

我带着阿婆去城里散步，我要和她聊聊遇
到的人。每个人都很美，你知道吧？每个人！
这是因为他们的故事。
每个故事都很重要。

为什么每个人
都很美

　　有一天，我接诊了一名患者。他来就诊的原因是膝盖疼痛，之前他从来没有出现过这种症状。他五十四岁，基本算身体健康，稍微有点儿发福但无大碍，既不抽烟也不喝酒。他膝盖疼痛是因为患上了退行性关节炎——一种伴随年龄而来的关节功能退化的疾病。他说了这样一句话："我完全不明白这是怎么回事，医生，这是我有生以来第一次感受到这种疼痛。"其实，这只不过是因为这是他的身体衰退第一次外显，并且是依托他的血肉来表达的。身体的沉默就此被打破。

　　我们会和我们的身体一起衰老。是的，没错，我们的身体都有故事。现实的重击，生活的意外，身体的变化，凡此种种，构成了我们的人生。伤疤是我们所经之事和我们经世之道的鲜活标志。每个人都有，每个人都不同。

　　没错，在我们赖以生存的这个地球上，在我们被赋予的这一生中，总有一些经历碰巧会在我们的身体上留下印记。但是，这具身体理应得到爱，首先是因为它已然存在，它已尽所能。把身体当成挚友来爱吧，它为我们承担重负、慰藉心灵。

没错，我们应该爱我们的故事。因为生而为人，在困难的境遇中，我们竭尽全力地活着，维持着自尊。生存本已艰难，情绪更是汹涌，旅途中亦难有馈赠。看看自己的身体吧。看着镜中的它，就像翻开一本历险之书：有的页面有折痕，有的页面有污渍，有的页面发黄，有的页面甚至残缺不全。我们每个人都有一本只属于自己的书。我们的故事被写在我们的身体上，然后留下一道印记、一个讯号、一些意义。

我们都怀揣孩提时的梦想，但是现实并不如我们所料想的那样展开，而且从不曾有人告诉我们，最好的道路在哪里，我们该如何自处。

人们会对你说："做自己！"但是，没有人告诉你，这是一件多么艰难的事。请正在阅读这本书的你记住，别忘了：生而为人，去生活，去爱，去哭，去希望，去感受……不管别人如何评价。这就是英雄。

巴蒂斯特·博利厄

作者简介

　　巴蒂斯特·博利厄，全科医生，在图卢兹有一家诊所。2015年他出版了自己的第一本书《就这样：1001次急救》并获得巨大成功：该书被翻译成14种语言，并获得"法国文化有声读物奖·在黑暗中阅读奖"。他的获奖作品还有小说《于是，你不再悲伤》（中学生地中海大奖，2016年）、小说《灰发孩子的诗》（法国国家药学科学院文学大奖，2017年）等。从2018年开始，他在法国国家广播公司旗下的国内综合台担任《为你好》节目的专栏编辑。他还出版了两部诗集：《快乐之余》和《永远别怕》。2022年，他创作的第一本儿童图画书《每个人都很美》一上市便名列法国亚马逊童书畅销榜榜首。

绘者简介

　　秦冷，华裔女作家，"加拿大总督文学奖"获奖者，毕业于蒙特利尔梅尔·霍普海姆电影学院，定居多伦多。她的插画和短片作品多次获奖。

Les gens sont beaux, written by Baptiste Beaulieu and illustrated by Qin Leng

© Les Arènes, Paris, 2022

This edition is published by arrangement with Les Arènes in conjunction with its duly

appointed agents Books And More Agency #BAM, Paris, France and Dakai – L'agence.

All rights reserved.

Simplifed Chinese translation copyright © 2024 by Beijing Science and Technology Publishing Co., Ltd

著作权合同登记号　图字：01-2023-1884

图书在版编目（CIP）数据

每个人都很美 /（法）巴蒂斯特·博利厄著；（加）秦冷绘；向静译. —北京：北京科学技术出版社，

2024.2（2025.7重印）

　　ISBN 978-7-5714-3177-8

　　Ⅰ . ①每…　Ⅱ . ①巴…　②秦…　③向…　Ⅲ . ①儿童故事 – 图画故事 – 法国 – 现代　Ⅳ . ① I565.85

中国国家版本馆 CIP 数据核字（2023）第 144921 号

策划编辑：李心悦　张贞贞	电　话：0086-10-66135495（总编室）
责任编辑：郑京华	0086-10-66113227（发行部）
封面设计：沈学成	网　址：www.bkydw.cn
图文制作：天露霖文化	印　刷：北京顶佳世纪印刷有限公司
责任印制：李　茗	开　本：889 mm × 1194 mm　1/12
出 版 人：曾庆宇	字　数：42 千字
出版发行：北京科学技术出版社	印　张：3.333
社　址：北京西直门南大街16号	版　次：2024年2月第1版
邮政编码：100035	印　次：2025年7月第5次印刷
ISBN 978-7-5714-3177-8	

定　　价：69.00元